眠れる花

村岡由梨

書肆山田

目次——眠れる花

カバー装画：村岡由梨像
表紙（カラー）＝一条美由紀
裏表紙（モノクローム）＝鈴木眠
本文写真＝著者

眠れる花

まだ見ぬ未来の、眠《ねむ》と花《はな》へ

1　イデア

ねむの、若くて切実な歌声

このところ、娘のねむとの会話がぎこちない。
今、中学二年生。思春期真っ只中だ。

今日も、ねむは
教科書やノートがぎゅうぎゅうに入ったリュックを背負って
片道1㎞の学校への道のりを
ただひたすら黙って歩いていく。

ある晩のこと。
ねむが、「明日学校で歌のテストがあるから」と言って
練習した歌を、私に聴かせてくれた。

最初は、はにかみながら
途中吹っ切れたように、

ねむが、まっすぐ前を見据える。
歌声が、大きくなる。

みずみずしい音の果実を
一つ一つ確かめるように摑んで、もぎ取るみたいに
ひたむきで、透き通るような歌声

私はふと、
「眠《ねむ》」という名前をつける時に心の中で思い描いたような
しん　と静かな森の奥の湖を思い出した。
深い孤独な青の湖にこだまする、若くて切実な歌声

ねむは、私のリクエストに応えて、
課題曲の他にも「君をのせて」や「カントリーロード」を

次々と歌ってくれた。

そばにいた夫が、
「大きくなったなあ」
と言ってメガネを外して、目を拭っていた。

私は、冗談で
「野々歩《ののほ》さん、結婚式では大泣きしちゃうかもね」
と言いそうになったけれど、
なぜか、言えなかった。

くるくる回る、はなの歌

夫とケンカした夜のことです。
私が真っ暗な部屋で一人ぐずぐず泣いていると
はなが　そっと　やって来て
「ママ、ほら、しゃんとして。
嫌なことがあったら、紙に書くとスッキリするよ」
と言って、
その日は、私に寄り添うように眠ってくれた。
かすかに香るシャンプーの優しさに、
ポロンポロンと涙がこぼれた。

シャワーを浴びていたら

立ち上る湯気の奥に視線を感じて、
曇ったすりガラスに、はなの顔。
見事なブタっ鼻を披露して笑わせてくれる。
すーっ　すーっ
ガラスの曇りに、指が動く。
なぞるとお風呂場に咲く
マ
マ
の文字。
嬉しくなって、私も
は
な
と書き返す。

魚介類が苦手な、はな。
でも、回転寿司は大好き。
ピアノの鍵盤をたたくみたいに

手元のタッチパネルを　ぽーん　ぽーん
はなの指先は迷わない。

むしエビ　むしエビ　たまご
オレンジジュース
むしエビ　いくら
エビ　エビ　エビ　エビ
フライドポテト

青い皿に、エビのしっぽの花が咲く。

「ヘンショクなんて気にしない　ガイショクだもん」

食べる姿が、きもちいい。


「全部で幾らになるかな?」

お皿を数えるねむと、食べるはな。

13歳と11歳。

くるくる　もぐもぐと

よく回転する姉妹です。

帰り道、ごきげんな　はなが
クルンクルンと側転する。
一瞬の夢のように消えてしまう、小さな白い観覧車。
ショートパンツからすらりと伸びた肢体に
思わずドキッとしてしまう。
けれど、私にとっては、いつまでも
ちいさなちいさな　かわいいはなちゃん。

今日も、ダダダダダダッと走って帰る音がする。
ダダダダダッ
ブオゥンと風が吹く。

「ただいまー！」

しじみ　と　りんご

およそ一年前の夜、夫が突然保護してきた猫に
「しじみ」という名前をつけたのは私だった。
『クレヨン王国の赤トンボ』という本に出てくる
トンボの名前「ふじみ（不死身）」にちなんだ名前。
十年以上昔に、可愛がっていた犬を亡くした私は、
もう二度と、そんな辛くて悲しい思いをしたくなかった。

小さくて、やせっぽちのメスのサバトラ。
前のキバが片方無くて、尻尾の先が折れている。
とても臆病なのに、大胆なところもあって、
一見すると、子猫のようにも年寄り猫のようにも見える。

一言で言うと「ちんちくりん」。
獣医さんの
「よほどのことが無いと、こんな風に歯は折れません」という言葉や、
いつも何かに怯えている様子を見て、
しじみには何かとても辛い過去があるんだな、ということは
私たち家族にもわかった。

それから一年余り。
しじみはすっかり私の人生を変えてしまった。

朝、目を覚ますと、しじみはいつも私のそばにいて、
「ごはん」なのか「なでて」なのか
多分その両方なんだろうけれども、
グリーンの目をまん丸にして期待に満ちた様子で見ているものだから、
とりあえず、私は、しじみの白くてやわらかい胸毛からお腹の毛を
優しく撫でてあげるのです。
それが、あまりにも温かくてやわらかくて、

私は時々、「ああ、しじみの赤ちゃんになって、しじみのお腹に抱かれたいなあ」とまで思ってしまう。

おかあさんしじみのお腹に抱かれて、
心臓の音に耳を澄ます。
小さくて何だか心もとない。
「腫瘍がほら、心臓にすっかりへばりついてる」
「いつ亡くなってもおかしくありませんね」
ふっ……と夜中に不安で目が覚める。それでも、
夫がしじみを家に連れて帰ってくれて本当に良かった、
しじみには、もう二度と、
寒い思いや、ひもじい思いをさせたくないなあ、と思う。
そんな毎日だ。

大きくて真っ赤なりんごを母からもらって帰ってきて、
しじみの横に置いて、写真を撮った。
しじみとりんごの静物画ごっこ。

黒目が、丸くて大きい時は、かわいいね。
細い時は、美人さんだね。
しじみ　と　りんご。
しじみの体の中で、小さな心臓が真っ赤に命を燃やしている。

死なないで、しじみ。
これ以上大切なものを失いたくない。
ただそれだけなのに
小さな赤い心臓も、グリーンの目も、白くてやわらかな胸毛も、
いつか燃えて灰になってしまう。
後に残るのは、始めたばかりの拙い詩だけだ。

それでも、私が言葉を書き留めたいのは、
決して忘れたくない光景が、
今、ここにあるから。
もう二度と触れることが出来ない悲しみでどうしようもなくなった時、
私は何度もこの詩を読み返すんだろう、と思う。

未完成の言葉たち

1　「旅」

いつかバラバラになってしまう私たち
今はまだ、そうなりたくなくて
必死に一つに束ね上げ
毎夏、家族で旅に出る。

去年の夏は秩父へ行った。
作品に使う画を撮るために、スマホを持って宿を出た。

雨だった。

赤紫色の、名前も知らない花から
ポタポタと雫が落ちていた。

その日、ねむは
中学校の門を飛び出して、
激しく雨に濡れて
死に物狂いで走って帰ってきた。
でも、家のドアの鍵は閉まっていたのだ。
「家の鍵は開いているんだ。」
そう信じて取手を引いた
ねむのぐちゃぐちゃの絶望を思い返すたび、
私は眠ることが出来なくなった。

はなは「早く大人になりたいな」という。

私が「ママは大人になりたくないな」と返すと、

「あはは、ママはもう大人じゃん！」

そう言って、はなは笑っていた。

大人になりたい子供と、
大人になりたくない大人たち。

誰もいない駅のホームで笑う3人の姿を
遠く離れて撮っている私がいた。

2　「夜」

私は、叫んだ。
「あの女の性器を引き裂いてぶち殺せ！」
引き裂いて、噛み砕いて、床に叩きつけて
お前も死ね　今すぐに
破綻した思考がギイギイと音を立てて
夜の暗さにめり込んでいく。
鱗粉　痙攣　東3病棟

お母さんの瞼が真っ赤に腫れ上がる。
私は真っ暗な部屋の鏡に映る自分の姿を凝視する。
私は悪だ。
私のからだは穢れている。
私のからだは穴だらけ。
繕いもしなければ買いもしない。
ゆりっぺが穿き古したパンツと一緒じゃん。
「幼な心」「憧憬」
このからだがもっと穴だらけになって
早く消滅してしまえばいいと思う。

3 「空」

——未完成——

4　「光」

家の裏に、鎖につながれた犬が3匹いた。
首輪をはずして
体を洗ってやって
心から詫びた。
新しい名前　新しい首輪
もう鎖は必要ない。
そのままで生きていて良いと許されたような気がした。
けれど、もうすぐ私は私の体とさよならする。
真の自由を手にするために

「ママのうそつき」「ママはずるい」

そう言って娘たちは怒るだろうか。

「親より先に逝くなんて」

そう言って母は泣くだろうか。

ある夜、６本指になる夢を見た。
自分の体の一部なのに、自分の思うようには動かせない、
もどかしい６本目の指。
思い切ってナタを振り下ろしたら、
切り裂くような悲鳴をあげて、鮮血が飛び散った。

真っ赤に染まった５本指は私。
切り落とされた６本目の指は誰？

そんな風に、痛みで私たちは繋がっている。

青空の部屋

私が初めてひとり部屋を持ったのは、中学三年生の頃だった。
「自分の部屋の壁紙を選びなさい」と
母からずっしり重い壁紙サンプル集を渡された時、
迷うことなく青空の壁紙を選んだ。

「青空の時代」の私は、混沌と混乱の大きな渦の中にいた。
中学校にはほとんど行かず、高校は3日で行くのを止めた。

それでも、部屋の天窓に切り抜かれた空は美しかった。

夜が更けて

私がいた部屋は光が無くなり真っ暗闇になった。
電灯はつけない。
自分の精神と魂が互いの肉体を食い潰していく激しい痛み。
皆、自分の人生を生きるのに精一杯な人達だった。
誰も私の悲鳴なんて聞きたくなかっただろうから、
歯を食いしばって一人泣いていた。

男でも女でもない。大人でも子供でもない。

人間でいることすら、拒否する。

じゃあ、お前は一体何者なんだ?

「白と黒の真っ二つに切り裂かれるアンビバレンス」

やがて日が昇り、

太陽の光に照らされて熱くなった部屋の床から
緑の生首が生えてきた。
何かを食べている。

私の性器が呼応する。
もう何も見たくない。
もう何も聞きたくないから、
私は自分の両耳を引きちぎった。
耳の奥が震える。
私が母の産道をズタズタに切り裂きながら産まれてくる音だ。
そして、漆黒の沼の底に、
白いユリと黒いユリが絡み合っていた。

この時期、私と私の核との関係は、
ある究極まで達したけれど、
それと引き替えに、
私の時間的成長は、15歳で止まってしまった。
私が発病した瞬間だった。

その後15歳で働いて旅をして
15歳で作品制作を始めて

15歳で野々歩《ののほ》さんと出会って結婚して
15歳で長女の眠《ねむ》を産んで
15歳で次女の花《はな》を産んで
15歳で働きながらまだ作品制作を続けていて
15歳で老けていって。

やがて「青空の部屋」で死んでいくんだろう。
皺だらけの顔に不釣り合いな、黒々とした髪
死ぬ時の私は、きっと、美しくない。
でも、部屋の天窓に切り抜かれた空は変わらず美しいんだろう。
晴れの日も、雨の日も、曇りの日も
私という不穏な塊を生き抜くとはそういうことなのだ。
そう、覚悟を決めるということ。

私が死んでも、眠《ねむ》と花《はな》は生き続ける。
続いていく。追い抜いていく。

今、庭のハナカイドウが花盛りだ。
ネムノキはぐんぐんと空に向かって伸びている。
そう、そのまま伸びて伸びて
いつか、私たちを閉じ込めた青空を突き破ってほしい。

イデア

私たちは今、「家族」という儚い体《てい》をなして生きている。
二年前の夏の初め頃、
「夕暮れ時、アトリエ近くの歩道橋からの景色を眺めてると、
悲しいような、でも懐かしいような気持ちで胸がいっぱいになるんだよ」
と、眠《ねむ》が言った。
私と同じ気持ちだったんだ。
そう知って、切なさで涙がこみ上げた。
けれど今、その歩道橋はもう存在しない。
この世界には決して叶うことがない願いがあるということを
私たちは知ったのだ。

郵 便 は が き

〒171-0022

東京都豊島区南池袋2-8-5-301

書 肆 山 田 行

常々小社刊行書籍を御購読御注文いただき有難う存じます。御面倒でも下記に御記入の上、御投函下さい。御連絡等使わせていただきます。

書名

御感想・御希望

御名前

御住所

御職業・御年齢

御買上書店名

永遠に続くと思っていた関係にも、
いつか終わりの時がやってくる。
大切な人を胸に抱いている時。
温かい生き物の息遣いを感じながら眠りにつく時。

小さな頃、夏の夕暮れ時の庭の木々を見るのが好きだった。
冬の明け方に目が覚めて、
雨戸の隙間から朝焼けの澄んだ空気を感じるのが好きだった。
時間の粒子が流れるのが、一つ一つ目に見えるようで、
全てが魔法に包まれていた。

永遠に続くものに執着して
何かを失うことを畏れて悲しんで
壊れてしまった家族の記憶と、壊れそうな家族と
瀕死の飼い猫についての映画を撮った。
私の11本目の映画だ。
いつもは何かと注文をつけたがる野々歩《ののほ》さんが、

「君が今日まで生きてきて、この作品を作れて、本当に良かった。」
と言ってくれた。
その言葉を聞いて、
私には一緒に泣いてくれる人がいるんだということに気が付いた。

もう少し、私と一緒に歩いてくれますか？
いつかの魔法を取り戻すまで。
私が「自分は幸せな人間なんだ」と信じて、言い切れる日まで。

2　イデア、その後

しじみの花が咲いた

体が腐らないように
小さな氷嚢を抱いた猫のしじみは、笑っているみたいだった。

その日の朝、入院先の病院から
しじみちゃんの心臓が停止しました、どうしますか
と連絡が入ると、
野々歩さんは身をよじらせて、声をあげて泣いた。
慟哭、という言葉では到底表しきれない
言葉にできない何かが
何度も何度も私たちを責めるように揺さぶった。

やがて静寂が訪れて
私たちは、病院から連れて帰ったしじみの周りに
たくさんの花を飾った。
優しい花の色に埋もれて
小さなヒナギクで作った花冠をかぶったしじみは、
やっぱり笑っているみたいだった。

しじみの体が荼毘に付された日は控えめな曇り空で、
時折ささやかな光が射したり、
遠慮がちにパラパラと雨粒が落ちてきたり、
素朴であどけない、しじみみたいな空だった。

移動式の小さな焼却炉の重低音が止み
重くて熱い鉄板が、竈から出されたのを見て、
私は言葉を失った。
子猫のように小さくて痩せていたしじみの体は
ほとんど灰になり、

ほんの一握りの骨しか残らなかった。

やわらかくて温かかったしじみは、もういなくなってしまった。

空っぽのひと月が過ぎた頃、
庭に植えた黄色いヒナギクが一輪、花を咲かせた。
しじみの花だ。
その花を見て、
「言葉にできない気持ちを言葉にするのが詩なのだとしたら、
もう一度、言葉に向き合ってみよう。」
空っぽだった心に、そんな気持ちが芽生えてきた。

毎日水をやりながら、花を撮影した。
しじみの花が、風に吹かれて気持ち良さそうに震えているのを見て
嬉しくて涙がこぼれた。

それから暫くして、花は萎れ、やがて枯れていった。

わかっていたはずだった。
生きて咲き、萎れ、枯れていくこと。
その後は
その後は、一体どうなるんだろうか。
わからない。
わからないいまま
今日もレンズ越しに、言葉を探している。
今どこにいる？
寒い思いはしていない？
ひもじい思いはしていない？
答えのない問いを、何度も繰り返しながら。

絡み合う二人

不安そうに沈みゆく太陽は、
私の両眼に溜まった涙のせいで、かすかに
震えているように見えた。
美しかった。

少女から女性へ

太陽が沈んで
真っ暗闇の中で泣く私の髪に
そっと触れて優しく撫でてくれたのは、娘だった。

二人並んで歩いていて、
娘の手が、私の手にそっと触れる。
どちらともなく、二人の指がゆっくりと絡まっていく。
私の「口」がかすかに痙攣する。

娘の豊かな胸のふくらみが、私を不安にさせる。

娘は母乳で育った。
私は母乳の出が多く、
あっという間に乳房はパンパンに腫れて
石のように固くなって、熱を帯びた。
娘は乳首に吸い付いて、一心不乱に乳を飲んだ。

青空を身に纏った私は、
立方体型の透明な便器に座って
性の聖たる娘を抱いて、授乳している。
娘が乳を吸うたびに

便器に「ロ」から穢れた血が滴り落ちて、
やがて吐き気をもよおすようなエクスタシーに達し
「ロ」はピクピクと収縮し痙攣した。
無邪気な眼でどこかを見つめる娘を抱いたまま、
私は私を嫌悪した／憎悪した。

小さくて無垢な娘は、お腹がいっぱいになり、
安心したように眠りに落ちていった。

あなたは、悪くない。
ごめんね。
ごめんなさい。
穢れているのは、あなたではなく、私なのだから。

娘が飲みきれなかった母乳が、ポタポタと滴り落ちてきた。
性の俗たる自分では触れることすら出来ない穢れた乳頭から、
白濁した涙がポタポタと落ちていた。

一緒に歩いていて、
娘の手が、私の手に触れる。
感触を確かめるように、
ゆっくり手の甲に手のひらをすべらせて、
やがてどちらともなく二人の指が絡まっていく。
私の「口」はかすかに痙攣する。

けれど
私の不安を知ってか知らずか、
娘は、沈みゆく太陽を見て私が泣く理由を、誰よりもよくわかっている。

冬が来て、しもやけになった娘の足指にクリームを塗る。
小さな頃から変わらない、肉付きの良い足指一本一本に丹念に塗り込む。
そんなことくらいで、
娘は私に、母として生きる喜びを感じさせてくれる。

美しい人。
かけがえのない人。

母と娘。女と女。
不穏で不可思議で、あやうい私たち。

今にもパリンと割れてしまいそうな
プレパラートとカバーガラスの間に私たちは挟まれて。

誰かが好奇な目で顕微鏡を覗いていても、
変わらない。このまま、ずっと
無垢なままで、いよう。
無防備なままで、いよう。

クレプトマニア

不潔で醜い男たちと交わる夢を見る。
その男たちが私自身だと気付いたのは、
小学校高学年の頃だっただろうか。

あなたか私、どちらか一方が亡くなって
永遠の別れになる前に、
ひとつ告白をさせて下さい。
私は嘘つきな子供でした。
盗んだのは1回だけ、と言ったけれど、
実際は365回でした。

何度も何度も盗んで、
何度も何度も食べました。
そのうち、おでこにたくさんのニキビが出来て
これが神様から与えられた罪の刻印なんだなと思いました。

やがて、その日がやってきて、
私は丸裸で店の奥に連れて行かれました。
涙で視界がぼやけて、
何も見えず、何も聞こえず、息も出来ずに、
暗い水の底を歩いているような時間が
永遠に続くような気がしました。

帰ってきたあなたは、私を麺打ち棒でメッタ打ちにして
それから、泣きながら私の体をきつく抱きしめました。
それ以降、私はパタリと盗みをやめました。

けれど私の外形は醜いまま。

醜い私を愛してくれる人など、いるわけもなく
私は私を愛するしかなかった。
肉体的に交わることによって。

お母さん助けて。
顔がかゆい。かゆくてたまらない。
いっそ顔中をかきむしって、
髪の毛を一本残らず引きちぎってしまいたい。

お母さん、お姉ちゃん、弟、お父さん。友達。
たくさんの人たちを傷つけながら生きてきた。
私の生活は今、
たくさんの人たちの不幸の上に成り立っている。

「お前たちは育ちが悪い」
「由梨はヤク中」

お父さん、誇れるような人間でなくて、ごめんなさい。

お父さん、私のことが嫌いですか?
私は、私のことが嫌いです。

中学3年生の娘が言いました。
『嫌い』っていう言葉は人を傷つけるためにある言葉だから、
簡単に口に出してはいけないよ」

でも、私は、私のことが嫌いです。

小学6年生の娘が言いました。
「私が私のお友達になれたらいいのに」

私が、私のお友達になれたらいいのに。
私が、私のお友達になれたらいいのに。

この詩を一気に書き上げて、
「切れない刃物でメッタ刺しにされているような気分。」
との言葉を夫からもらい、
決して誰かを傷つけるわけではなかったと
中途半端な言い訳をして、
決して虚構を演じているわけではないけれど、
私の中に詩という真実があるのか、
詩の中に私は生きているのか。

「ママさん　ママさん」
そう言って、ねむは
はにかみながら私を抱きしめる。
「人ってハグすると、ストレスが3分の1になるらしいよ」
そう言って、はなが
ガバっと覆いかぶさってくる。
幼い頃の大きな渦に飲み込まれたまま

あの日、麺打ち棒でメッタ打ちにされた私は、
自分の娘たちを抱きしめるだけではなく、
抱きしめられる立場に、また、なっていた。

私たち三人は、きつく抱きしめ合って大きな塊になったまま、
その瞬間、
間違いなく詩の中に生きていた。
詩の中に生きていた。

学校に行きたくない

花火大会の夜、蒸し返すように気だるい人混みの中で、
やっぱりわたしは一人ぼっちだった。
ここにいるのに、ここにいない。
誰もわたしに気が付かない。

人の流れに逆らって
何度も人にぶつかりながら、
次から次へ目に飛び込んでくるのは
顔　顔　顔
男に媚びるような化粧をした女たち。
女を舐め回すような目で見る男たち。

みんな不気味で同じ顔、みんなセックスで頭がいっぱい。

そんなこと思ってるわたしが一番卑しい人間だと思うけど。

空っぽでヘドが出そうな音楽が流れると同時に、
心臓をえぐるような爆発音の花火が打ちあがって、
桟敷の人々は大きな歓声をあげた。
わたしは、ある戦争体験者の
「焼夷弾を思い出すから、花火は嫌い」という言葉を思い出していた。
その言葉を思い出しながら、
「今、花火が暴発したら、こいつら全員燃えるのかな」
と考えていた。

自分はつくづく不謹慎で邪悪な人間だと思う。

先生に何十回目かの呼び出しを食らって、
職員室の横の小さな部屋のいつもの椅子に座る、空っぽなわたし。

ただ一点を見つめて、かたく口をつぐんだまま。
わたしが学校以外の場所でも徐々に精神が蝕まれて、
邪悪な欲望に侵蝕されつつあって、
本当のところ、何に苦しんで何に絶望しているのかなんて、
言ってもわかるはずがない。
黙ってうつむいたまま、一点を見つめるわたしを見て、
先生は諦めたようにため息をついた。
いつもの光景だった。

洗っても洗っても下水のような不快な臭いが消えず、
不登校で授業をほとんど受けていないから、勉強もさっぱりわからない。
友達が何が面白くて笑っているのか、全くわからない。

それでもある日、わたしが初めて「声」を出したことがあった。
同じ部活の部員たちに嗤われて「爆発」して、
言葉にならない言葉でわめきながら、
彼女らを学校中追いかけ回したのだ。

次の日から、一切のクラスメートがわたしを避けるようになった。
保護者の間で
「あの子は危ないから付き合うな」
と連絡が回ったのを知ったのは、それから暫くしてからだった。

特別な人間になりたいわけじゃない。
いや、特別な存在になりたいのか？
自分が取るに足らない人間なんだって
こんなにも思い知らされているのに。

言ってもわからない。
言ってもわかるはずがない。
わたしが中学校の屋上の柵を越えて飛び降りようとする絶望を
親もきょうだいも先生も友達も、
わかるはずがない。

「狭い世界に閉じこもるな、もっと大きな世界に目を向けろ。」

「君より大変な思いをしている人は、世界にいっぱいいるんだ。」

「みんな孤独を抱えてる」

「もっと他者に優しい眼差しを」

わかってる。わかってるけど、
今のわたしが欲しいのは、そんな真理や言葉じゃないんです。


わたしが欲しいのは、わたしだけの神様。

神様は、踏み絵を踏んだわたしに向かって、こう言うんです。

「踏むがいい。お前の足の痛さをこの私が一番よく知っている。*」

だけど、それは本の中の話で、
実際はそんな神様なんてきっといない。

長い夜が明けて、また絶望的な朝がやってくる。

だから、明日も
わたしは学校に行きたくない。

＊　遠藤周作「沈黙」より

小鳥を殺す夢

夕暮れ時、白いカーテンが涼しい風に揺れている。
階下から娘たちの澄んだ歌声が聞こえてくる。

そんな時、私は、近くに住む母のことを考える。
今頃、リビングのソファに、ひとりぼっちで、
疲れた体を横たえているんだろうか。

「二人のフリーダ」みたいに、
母の心臓と私の心臓が一つに繋がって
母の孤独が私の体内にドクンドクンと流れ込んでくるようで
苦しくなる。

ドクンドクン
ドクンドクン

思えば、母が私に何かを強制することは殆ど無かった。
けれど、私が見るのは、小鳥の死骸でいっぱいの鳥カゴの夢。
小鳥を自分の手から大空に放すのではなく、
水に沈めて殺す夢。

19歳の誕生日に母が小鳥のヒナを2羽買ってくれた。
私は2羽をとてもかわいがり、よく世話をした。
私たちは互いのことが大好きで、片時も離れたくなかった。
種別や性別を超えて、私たちは一心同体だった。

それから暫くして
1羽が病気になり、あっという間に衰弱していった。
そしてある朝、今まで聞いたことのないような鳴き声をあげて、

鳥カゴの金網に足を引っ掛け
グロテスクに体をねじって
助けを乞うような眼をして
私の方を向いたまま死んでしまった。
私は小さな亡骸を抱いて、
日が暮れるまで泣いていた。
夕方、帰宅した母は、「体が腐っちゃうでしょう!」と怒って、
半ば強引に私から亡骸を取り上げ、庭に埋めてしまった。
そうしなければ、私は亡骸が腐るまでそれを手放さなかっただろう。

鳥は私にとって、自由の象徴だった。
一日に何回か鳥カゴから出してやると、
自由に飛べる喜びに全身を震わせ部屋中を飛び回った。
けれど、一生の大半を鳥カゴの中で過ごした2羽は、
本当に幸せだったんだろうか。

これまでの人生の大半を鳥カゴの中で過ごしてきた私は
これからどう生きて死んでいくんだろう。

私に自由を強制しないで。
私に不自由を強制しないで。

いつの日か、小鳥を殺す夢を見なくなる日は来るんだろうか。

お誕生日おめでとうの詩

私たちが出会った頃のこと
どれくらい覚えていますか。

あの頃、野々歩さんはヘアワックスで髪を逆立てていて、
今みたいにメガネじゃなくてコンタクトをつけていたよね。

イメージフォーラムの16ミリ講座で一緒の班になって、
どういう作品を撮るかの話し合いの時
私の隣の席に、ぶっきらぼうな表情で座っていた野々歩さん。
なぜか私は胸がドキドキして、
ゆでダコみたいに顔が真っ赤になってたよ。

多摩川の河川敷での撮影が終わって、編集作業の日。
珍しく野々歩さんは洗いたての髪にメガネをかけていて、
なぜか私はまた胸がドキドキして、
ゆでダコみたいに顔が真っ赤になりました。

助手の徳本さんが、
一生懸命に編集作業に取り組む私たちを見て
「野々歩君と村岡さん、仲良いね」
って、からかったの覚えてる？
野々歩さんは
「僕らお互いのファンですから」
って、さらっと言ってのけた。
その時の私の頭の中を想像出来る？
ゆでダコどころの話じゃないよ！
頭がグラグラ沸騰して、
パーンと音を立てて爆発しそうだった！

その年のクリスマスの夜は、
二人で東大の校舎に忍び込んで
初めて手を繋いで歩いたね。

お正月には、初日の出を見ようと
建設中のマンションの屋上に忍び込んで、
自分の眼の高さに鳥が飛んでいるのを見て、
「私も飛べるかな」
って柵を飛び越えようとした私を、
「落ちたら痛いから、やめなよ」
と言って止めた野々歩さん。
何でも複雑に深刻に考えがちな私にとって、
「落ちたら痛い」っていうシンプルな言葉は
ものすごく衝撃的だった。

私たちはそうやって、

互いに無いものを補いあって求めあって、
ここまで歩いてきたんだね。

やっとの思いで完成させた処女作を
イメージフォーラムの映写室で泣きながら観ていた私。
そんな私を優しく気遣ってくれた野々歩さん。
河口湖の花火大会を二人で観に行った時、
湖畔の土産物屋の二階で
私に浴衣を着付けてくれた野々歩さん。
雪の降る夜、大きなお腹を抱えて立ち尽くす私を
家に連れて帰って温かいお風呂に入れてくれた野々歩さん。
鬱がひどくて何も出来ない私の髪を洗ってくれる野々歩さん。

「村岡さん」から「由梨さん」、

「由梨さん」から「由梨」、

「由梨」から「ゆりっぺ」。

呼び名が変わる度にすごく嬉しかったこと、

おばあさんになっても忘れないよ。

１９８０年10月22日に、野々歩さんは
池ノ上の、お庭にウサギさんがいる産院で生まれて、
１９８１年10月22日に、私は
渋谷の日赤で生まれた。
その後、野々歩さんは渋谷で育って、
私は池ノ上で育った。
もしかしたら、イメージフォーラムで出会う前から
私たち街ですれ違っていたかもね
と、二人で笑う。

必然とか偶然とか、簡単な言葉で済ませたくない。
愛しています、とか
ありきたりな言葉では表現しきれないよ。
もっと良い詩が書きたいよ。
喉のつっかえがすうっと取れるような詩を。

シワシワのガタガタのグッチャグチャな
おじいさんおばあさんになっても
一緒にいよう。
「死が二人を分かつまで」って何？
死んでも一緒のお墓だよ！

お誕生日おめでとう！
野々歩さんと私。

塔の上のおじいさん

家族で小さな小さな会社を経営している。
訪問介護の会社だ。
昨年母から代表の立場を引き継いだものの、
「代表」とは名ばかりで
実態は経理全般と事務担当だ。
私がこの世で一番関わりたくないもの「お金」の責任者。
もちろんヘルパー業務もする。

このところ日が落ちるのが早くて、辺りはもう真っ暗だった。
冷たい風の間を縫うように自転車を走らせて、
その日、私は母の現場仕事に同行していた。

初めて行く御宅だった。

着いたのは、まるでおばけやしきのような古いアパート。
母にくっついて、
向かって右側の、古くて狭い階段をカンカン昇っていく。
恐る恐る手すりの隙間から向こう側の景色を見たら、
街がべっこう飴みたいに　てらてら光っていた。

母が部屋のインターフォンを押すと
ドアが開いて、おじいさんが床を這って出て来た。

不思議な部屋だった。
家具も照明器具も見当たらない。
ガランとした部屋が、月光に青白く照らされていた。
床は腐っているのか、湿って傾いていた。

殺風景な部屋に、古いケージが一つあって、

中には赤茶色の鶏が一羽と
スズメのような鳥が一羽。
傍に、肌色の温かい卵が一つ落ちていた。

母は、その卵を拾って台所へ行くと
コンコンと割って、黄身と白身に分けた。
黄身が入った殻と、真っ白なショートケーキをお皿に載せて、
おじいさんの傍にそっと置いた。
おじいさんは布団も敷かずに、
まっすぐ横になっていた。

私は床にゴロンと寝転がった。
すると、母も私の隣に横になって
二人で夜空を眺めた。
流れ星が五つ。
私が「きれいだね」と言うと、
北海道生まれの母は

「私の小さな頃はこんなもんじゃないわよ」
と言った。

帰り道、ふと自分の手のひらを見たら、
おじいさんのうんこがベッタリ付いていた。
母の手のひらにも付いていた。
私たちは、おじいさんのうんこを
お互いにベタベタ付け合いながら
声をあげて笑った。

「ただいま！」
家に帰ると、娘たちが
ディズニープリンセスの顔パネルを作って遊んでいた。

「すごい御宅だったよ。
塔の上のラプンツェルみたいなお家だった！
今から詩に書くから！　そしたら読んでね、野々歩さん」

そう言ったところで、目が覚めた。

母と寝転んで流れ星を見たことが一気に遠ざかって
急に悲しみと寂しさが込み上げてきた。

受験生のねむの期末テストが近いこと、
少し眠るから、1時間経ったら起こしてね
と言われたことを思い出した。寝過ごしてしまった。
ねむの憂鬱と切羽詰まった気持ちを思うと
遣る瀬ない気持ちになった。
中学校にほとんど行かず、
高校も3日で辞めた私のアドバイスなんて
クソの役にも立たないのだ。

「内申点に響く」「人生に関わる」って言って
狭い世界は子どもたちを追い詰めるけれど

そんな必死にならないで
太陽が優しい時　一緒に原っぱに寝転がって
うんと伸びをして
好きな絵を描いて過ごす
そんな風に生きていくわけにはいかないのかな。
そんな生き方を許容出来る世界ではないのかな。
やっぱり「お金」を稼がないと、生きていけないのかな。

考え込む私の横で、
猫が大きなあくびを一つして
丸くなって、眠っていた。

太陽が震えていた

長い間、暗闇の中で君を探し続けている。
君はいつも私を苦しめる。困らせる。
それでも、私の頭の中は君ばっか。

これまでの君、これからの君のことで
いつも頭がいっぱい。

自転車に乗って家路を急ぐ時でも、
夕飯が済んで洗い物をしている時でも、
片時も君のことを忘れることはない。

「この世界には星の数ほど表現者がいて
才能のある人などゴマンといるのに、
私が作品を作り続けている意味は何だろう？」

誰かに君を見て欲しくて、両手で君を掲げてまっすぐに立つ私の前を、
急ぎ足で通り過ぎていく人たちの無関心に
切れ味の悪いカッターナイフでキーキーと心を切り刻まれる。
行き過ぎた自尊心なんて、いっそ捨ててしまえば良いのにね。

その上、私が作品を作っても、娘たちのお腹が満たされることはない。
「自己満足」「高尚な趣味」と周囲の人たちに揶揄されて、
いちいち傷つきながらも
自分の好きなものを好き勝手に作っている。
そう、それならいいじゃん。
だけど、心が揺れる。もがいている。
無意味に意味を探し続けている。

寒い冬の日、娘の花が、公園のフェンスにもたれて　ひとり
友達を待っている。
待ち続けている。
まだ来ない
まだ来ない
そのうち日が暮れて、家に帰る。

花が、風呂場でシャワーをつけたまま
うずくまって、むせび泣いている。
「本当の友達がほしい」と言って、泣いている。
たまらなくなった私は、
どうしたの、と言って
風呂場のガラス戸を開けようとする。
けれど、花は扉を強く押し返して拒絶する。
「みんな嫌い」「ママの偽善者」
花の圧倒的な孤独感を前にして、

言葉は余りにも無力だった。

きっと、花も私も叫びたいのだ。
「私は、ここに、いるんだ」って。

去年の冬、家族で世田谷美術館へ行った帰り道、
とっぷり日が暮れた木立の隙間で
儚い太陽の光が
まるで夜が来るのをこわがっているように
震えて沈んでいくのを見た。
この光をどうしても忘れてはいけないような気がして、
スマホのカメラで撮影した。

もしかしたら、私が求めているのは、

意味でも答えでもなく、「光」なのかもしれない。

偏屈で頑固で、周りを困らせてばかりだった老婆が
病室で臨終の際、賛美歌を歌うのを見た。
老婆は光に包まれて亡くなった。
花のピアノの発表会で中年の女性が懸命に歌うのを見た。
芸術は誰にでも開かれていることを知った。
幼い花が公園で落ち葉を浴びて遊んでいる動画をスマホで見た。
無邪気に遊ぶ花が愛おしくて、画面が涙で霞んだ。
そこには金色の光が溢れていた。

幸せな記憶の中だけで生きたいよ。
暗闇の中でひとり死にたくない。
自分の子どもたちにも
自分の子どもたち以外の子どもたちにも、
あたたかで、優しくて、寛容な光に包まれた一生を過ごしてほしい。

思い返せば、私が幸せだった時、いつもそこには光があった。
幸せだったことを忘れたくないから、
私は作り続けるのか。

「ママの作品は残酷だけど、きれいだよ」

私のスマホの中で、
今もまだ、これから先もきっと
あの日の太陽が震えている。

乱視の世界（抜粋）

〝眼鏡を外してクリスマスのイルミネーションを見た君は、
何層にもダブる光を見て、「きれい」と言って笑っていた。
視力の良い私と、乱視の君。
同じ世界に生きているのに、
まるで違う景色を見ているんだね。
私は私で、君は君。
もっと知りたい、わかりたいんだ。
君が生きる乱視の世界の美しさを。

もうすぐ新しい年が始まるというのに、
世界が終わる夢を見た。

ヒトは全員殺されて、
ネコは丸ごと皮を剝がされた。
剝がれた皮に顔を近付けたら
あたたかいお日さまの匂いがした。〟

家族写真（抜粋）

〝家族写真を燃やしてしまった。
まだ若い父と母と、幼かった姉と私と弟が笑っている。
真ん中に座る幼い私の顔に十字の切れ目を入れて火を付けたら、
一瞬十字架の様な閃光がピカっと光って
瞬く間に私の顔は溶けて無くなり、
火が燃え広がって、消えてしまった。

私たちは、消えてしまった。
私たちは、壊れてしまった。

家族写真を燃やしたことで、

母を悲しませてしまった。
今はもう会えない姉も、きっと悲しむだろう。
弟はどうだろうか。
精神を病み、大量服薬を繰り返した私を、軽蔑していた父。
私の母ではない女性たちとの生活に安らぎを見出した父。
腹違いの弟たち妹たちの方が優秀だ、と言って自慢する父。
父も悲しむだろうか。いや、悲しまないか。いや、悲しむか。

この詩を読んで、母はまた悲しむだろう。
言葉は時に残酷で、人を深く傷つける。人の人生を狂わせる。
人はなぜ、生きようとする時、
自分以外の他の誰かを傷つけずにはいられないのだろう。
父も母も姉も私も弟も
ただ生きていただけなのに。
ただ生きているだけなのに。

父や母や姉や弟といた世界はファンタジーだったんだろうか。

私は今、二人の娘という
血があり、骨があり、肉がある
究極的に現実的な存在を得て、
夢から醒めつつあるのかもしれない。
曖昧だった喜びや悲しみや怒りが、真実のものとなって
人生における大きな「気づき」のようなものを手に入れたのかもしれない。
それは多分、幸せなことなんだろう。

それなのに、〟

診察室

これは夢なのか、現実なのか。
わからないまま、ぼんやりとした不安の中で生きている。

ここ数年、私は警察に追われている。
私が、自宅の近くに住む資産家の高齢女性を殺して、
広い庭の片隅に遺体を埋めたというのだ。
まだある。
私が、面識のない小学校3年生の男の子を殺して、
学校の近くの遊歩道に穴を掘って遺体を埋めたのだという。
警察に捕まっても、「私は殺していません」とは言えないだろう。

なぜなら、私自身、確かに彼らを殺したような気がするからだ。

毎週水曜日、15時30分発の小田急線小田原行きに乗る。

入ってすぐ右の優先席に、
胸の大きさを強調したミニスカートの女が座っていた。
脚は虫食いだらけ、下品な女だった。
私は、この女を乱暴に犯すことを想像した。
私の股の間から鋭利なナイフが生えてきて、
女の陰部は血だらけになった。
絶頂に達した瞬間、女は不要な単なるモノになり、
エクスタシーと嫌悪と憎悪のグチャグチャの中で私は
醜く歪んだ女の顔を、原型をとどめないくらい何度も殴った。

空いている座席に座ると、斜め右に
タピオカをすすっている若い女がいた。

タピオカをすすりながら、片手で携帯電話をいじっている。
その女は、出っ歯で口がきちんと閉まらないようで、
前歯の隙間からタピオカが見え隠れしていた。
クチャクチャ　クチャクチャ
私は耳を塞いで悲鳴をあげた。
そして女の顔をズタズタに切り裂いて、自分の耳を引きちぎった。

女が憎い。
けれど、私も女なのだ。
母親なのだ。
女の顔を何度も殴った時、２人の娘の顔が浮かんだ。
女の顔をズタズタに切り裂いた時、２人の娘の顔が浮かんだ。
この世で一番清潔な存在。傷つけたくない存在。
「人の痛みがわかる人間になりなさい」
そう言って、２人を育ててきた。
胸の大きい女にも、タピオカの女にも、
きっと母親がいるだろう。

女が憎い。
それでも娘たちを傷つけたくない。絶対に傷つけたくない。
そんな思いで、私は真っ二つに切り裂かれる。混乱する。

毎週水曜日16時30分から診察が始まる。

カワバタ先生とはもう10年以上の付き合いになる。
60代男性、中肉中背、
温和な顔にメガネをかけていて、
歩く姿勢がとても良い。
人間味溢れる、とても優しい先生だ。

「一週間、どうだったかな」
と、まず先生が聞いて、話が始まる。
家族のこと、義両親の介護のこと、
作品制作のこと、仕事のことなど

時には泣きながら、とりとめのない話をする。

「ここには善も悪もないから」と先生が言い、殺す、殺される、死ぬ、死なせるなどの不穏な言葉が診察室を飛び交う。


「これ以上怒りや憎しみに支配されたくない」

「結局は私が消えればいいんだと思う」

先生には何でも話すし、先生も私に関して大抵のことは知っている。

私は、先生が好きだ。


カウンセリングの終了時間間際になると、私は急激に不安定になる。

ドア1枚を隔てた外の世界はこわいことでいっぱいだから。

「○○がこわい人をいっぱい連れて復讐しに来るかもしれない」

と怖がる私を、先生はいつも「大丈夫」と言って背中を押してくれる。

診察室を出て間も無く名前を呼ばれて、受付の女から、処方箋と領収書を渡される。

「3850円です」

一番苦しい瞬間だ。

当たり前だけれど、お金の問題なんだ。

医者と患者の関係なんだ。

それ以上でも、それ以下でもない。

結局、先生や受付の女は「あっち側」の人間で、私は「こっち側」の人間なのか、と否応無しに思い知らされる。


そう言えば、先生は私のことをよく知っているけれど、私は先生のことを、ほとんど知らない。

どんな食べ物が好きなのか。

何色が好きなのか。

動物は好きか。

どんな音楽を聴くのか。

良くない家庭環境で育って、精神を病んで
なんてありきたりなストーリー
私は大丈夫。
大した問題じゃない。
絶対に大丈夫。
そう自分に言い聞かせて
偽善者の皮を被って、
自分を必死に取り繕って生きてきたけれど、
マトモな人のふりをするのは
もう、無理かもしれない。

死刑判決を受けて、
独居房にいる孤独なあなたを今すぐ連れ出して
狂おしいほど交わりたい。一つになりたい。
そして、あなたが他の人にしたように、
私をメッタ刺しにして、殺して欲しい。

この詩は、午前2時過ぎにあなたと私宛てに書いた
歪なラブソングだ。

昼の光に、夜の闇の深さが分かるものか*

1　花

おでこのニキビがなかなか治らない。
何だか最近お腹も痛くてユーウツだ。

授業中、先生から出された課題を静かに終わらせて、
自分の席で絵でも描こうかと
自由帳を出したりしまったりして終業のベルを待つ。
教室の後ろには、習字で書いた「あけび」という文字が
退屈そうに並んでる。
窓際の壁に目を向けると、

「教育目標
　考える子　思いやりのある子　元気な子」
って貼ってある。
わたしは6年間そうなれるように頑張った。
子供は大人の言うことを聞かなきゃならないものだと思っていたから。
誰からも疎ましがられたり嫌われたりしたくなかった。
わたしのせいで、誰かを落胆させたりしたくなかった。

大人はもっと世界に目を向けろというけれど、
わたしにとって
このイビツな教室が世界の全てだった。
学校は、大き過ぎて手に負えない宇宙みたいだった。
その宇宙の中で、わたしは
友達と笑っている時もそうでない時も
ひとりぼっちだった。孤独だった。
いつも聞き手に徹して、
「聞き上手だね」なんて言われて、また笑って。

苦しかった。

もっとわたしの話も聞いて欲しかった。


「考える子　思いやりのある子　元気な子」

になんて、本当はなりたくない。

これ以上、わたしに何かを押し付けないで。

わたしは、わたし自身のために、考えて苦しんで生きてみたいんだ。

青春がキラキラしているなんて、誰が決めたの？
大人たちの疲れた顔を見るのは、もううんざりです。
自分たちは世界に絶望しているのに、
どうして未来に希望を持てなんて言うの？

わたしの中で、真っ赤な炎が激しく燃え始めている。

もう、誰からも束縛されたくない。

傍に猫さえいればいい。

わたしは、もうすぐランドセルをおろして自由になる。
わたしがなりたいわたしになるには、
まだ時間がかかりそうだけど

さよなら、ランドセル。
さようなら、世界。

2　眠

春から行く高校の制服の採寸をしに、
ねむを連れて豪徳寺の店まで行った。

真っ白なセーラー服に、黒くて柔らかいリボンを付けて、
不機嫌そうな顔で試着室から出てきたねむ。
その姿を見て、私は泣きそうになった。

とても、きれいだったから。

いつの頃からか、人前で泣かなくなった、ねむ。
泣きたくなかったのか、泣けなくなったのか、
どちらかはわからないけれど、
中学校3年間は試練の連続だった。

ある夜、パパと口論になって
「塾に行く」と言って家を飛び出したねむが辿り着いたのは、
私が幼い頃住んでいた家の近くの公園だった。
懐かしい夜の公園で、私とねむは
話して話して話して話して
ねむは、激しく泣いた。
私はその姿を見て
雨の中でひとり泣きながらうずくまっていた
幼い私の姿をぼんやり思い返していた。
どうすることも出来なかった。

どうすることも出来なかったけれども、
ねむが、勉強や学校生活、生徒会の仕事
そういった社会との接点で
自分と他人はもとより
他人と他人がより良い関係を築けるよう
血のにじむような努力をしてきたことを知った。

私が中学生の時を過ごした「青空の部屋」で
ねむが声をあげて泣いていたこともあった。
私は、自分の中学生時代を思い出して不安になり、
このままねむが死んでしまうんじゃないかと
気が気じゃなかった。
「大丈夫?」と声をかけたら、
小さな声で「だいじょうぶだよ」と言った。
懸命に気丈に振る舞う、ねむが愛おしかった。

親や先生や友達は、
時に無自覚に残酷な言葉でねむの人格を傷つけるけど、
ねむはヤケッパチにならずに3年間闘った。

『自分を守るために人を傷つけた』なんて人殺しの常套句。
私はそうはなりたくない。
これからのこと、もっと先のこと
ふわふわとした不安のなかで、
私は今、鏡に映る自分をまっすぐ見据えてる。」

いつだって私たちには夜があった。
夜に守られていた。
夜の闇の中では見たくないものを見ずに済むから。
でもその内、剝き出しの夜明けを迎えて
セーラー服の白がまぶしいくらいに光りだす。
そして、ねむは言う。
「私が見ている世界の中心にいるのは、私。」

2人の娘たちの存在が自分にとって全て、と思っていたけれど、それは少し違うかもしれない。子供はいつか自分の手を離れていくもの。と言いつつ、私自身も親と適切な関係を築けているかと尋ねられると困ってしまうけれど（苦笑）。それでも、自分の存在価値を、自分以外の誰かに委ねてしまうのは、実はとても危険なことだと思う。娘たちには、自分の人生を生きてほしい。自分の人生を生きるということは、自分の人生に責任を持つこと。重要な選択を人任せにしないこと。人のせいにしない。「自分で選ぶ」ということ。世界で一番傷ついてほしくない。一方で、安易に人を傷付けてほしくない。それが今の私にとっての「娘たち」という存在。

（2018年3月　眠の誕生日に寄せて）

だいぶ前、東京拘置所にいた父と手紙のやりとりをしたことがあって、その中に、父から届いたこんな言葉があった。

「由梨が小さい頃、自分の鼻を指差して『パパ、パパだよ』って教えていたら、鼻＝パパだと勘違いしたらしく、由梨の鼻を指差して『パパ、パパ』って言ってたことがあった（笑）。」

それを読んで、怖かった父のイメージが完全に覆るまではいかなかったけれど、私の中で何かがグシャっと潰れて、涙が止まらなくなった。

人は単純じゃない、多面的な生き物なんだって

そう、腑に落ちたというか。

ああ、私にも父親がいたんだな

愛されていなかった訳じゃないんだな、ということがわかった。

完璧な親なんていないってことも、

傲慢だけど、許す許さないってことも、

長い時間をかけて決着がつけばいいやと思い始めている。

ところが、いざ自分が親になってみると、
完璧な親にならないと、と気負ってしまう。
でも、出来ない。
夜更かしはするし、朝寝坊はするし、
子供に対していつでも優しくいられるわけでもなく、
寛容でいられるわけでもなく、
子供の都合より、自分の都合を優先してしまったりして
気付いたら、鬱陶しくて憎まれる親になっている。
愕然とする。
嫌われたくない、憎まれたくないと思うほど、
見透かされる。

そんなみっともなくて情けない私が、
娘たちに、何て言葉を送ればいいいんだろう。

物事を多面的に見られるようになって欲しい。

対立している人たちがいたら、どちらか一方の意見だけでなく
双方の意見を良く聞いて判断できるようになって欲しい。

はな、いつもハグしてくれてありがとう。
ねむ、いつも「きれいだよ」と言ってくれてありがとう。

そして、
母が私に言うように、私から娘たちに言いたいこと。

生まれてきてくれてありがとう。

お母さん、私は生まれてきてよかったんだね？

あなたたち二人が私の深い闇の中から
狭い産道を通って
光のある方へ一生懸命生まれ出てきてくれたこと、

初めて両腕に抱いた時のことを一生忘れません。

二人とも、心から、卒業おめでとう。

＊　ニーチェ「ツァラトゥストラかく語りき」より

透明な棺

夥しい数の透明な棺が
一定の間隔をおいて
並んでいるのを見た。

白い人もいる。
黒い人もいる。
黄色い人もいる。
知っている人も知らない人もいる。

世界中の人々が、
たくさんの残酷を目の当たりにして

深く傷ついた両眼から、血の涙を流している。
私たちが見ている世界は、
瞬く間に真っ赤に染まってしまった。

それでも、誰かが知らない人のために流す涙が本物ならば、
いつかきっと、世界は涙で洗い流され、
ありのままの色を取り戻すだろう。

69歳のまりさんが、
「毎日食べることと排泄することばかり考えてて
こんなんで生きてていいのかしら」と嘆いたら、
84歳の詩人は
「生きるってそういうことなんじゃないの」
と言っていた。
私は、「また来ます」と言って、
いつも通り詩人と握手をして、帰った。

握手、をして帰った。
生きるってそういうことなんじゃないの。

ニュースで
夥しい数の木製の茶色い棺が
一定の間隔をおいて並んでいる
航空写真を見た。

その木製の茶色の棺に誰が入っているのか、
私には、見えなかった。
だから想像した。
私の肌と、その人の肌が触れ合うことが出来たなら
その瞬間の温かさを。

しじみ　鈴木花

しじみは四月の終わりごろに死んでしまいました。

しじみは一昨年の十二月に、家の近所でニャオニャオ鳴いているところを拾った猫です。

たった一年とちょっとの少しの間しか、一緒にいれなかったけれども、しじみは私たち家族にとって、とても大切な存在になりました。

しじみは、出会ったときはボロボロで、皆最初は野良だと思っていましたが、そうとは思えないくらいおっちょこちょいで可愛らしい猫でした。それにとてもおとなしく、白い足袋（足袋をはいているように足だけ白い）や白い胸毛、かぎしっぽがチャームポイントです。

しじみの名前の由来は、母の好きな小説、「クレヨン王国の赤トンボ」にでてくる死なないトンボ「ふじみ」を少し変えて「しじみ」という名前になりました。母は昔、白文鳥と桜文鳥、ラブラドールレトリーバーの三匹のペットを亡くし、死なないでほしい、という願いからつけられた名前だそうです。

けれどしじみは出会う前から心臓に腫瘍があり、動物病院のお医者さんからもあまり長くない、明日死んでもおかしくない、と言われていました。

明日死んでしまってもおかしくない毎日を一年以上も頑張ってくれていました。私は、しじみの写真をたくさんとりました。死んでしまったとき思い出せなくなったりしないようにです。

今年の四月ごろ、しじみがあきらかに、具合が悪くなっていきました。死んでしまう一日前、しじみはめずらしく私にすりよってきてくれました。もしかしたらこの時以外、しじみからすりよってきてくれたことはなかったかもしれません。しじみはカタカタふるえていました。きてくれたことに喜びもありましたが、ふるえていることがとても心配でした。この時とった動画が、しじみが生きているとき最後の動画になりました。

しじみはさらに容体が悪くなってきたため、その日に夜間にやっている大きな動物病院へいきました。

翌日の早朝、父が冷たくなったしじみをつれて帰ってきました。

しじみは片方の肺が腫瘍でうめつくされていたらしく、常に高山にいるような状態だったそうです。

父は声を出してずっと泣いていました。私が初めてみるくらい泣いていました。私は、最初意外と落ちついているなと思いましたが、寝ているようでぴくりともしないしじみを見て、もう一生帰ってこないんだ、と急に悲しくなってきて、泣きました。

私たちは、しじみを保冷ざいで囲み、バスケットに入れ、生花でしじみをうめました。私と姉は、小さく可愛らしいマーガレットのような花で花かんむりを作り、しじみにかぶせました。そして写真をとったり、肉球に朱肉をおしあて、いろんなものに肉球はんこをおしたり、ブラッシングして毛をとったりしました。

しじみが死んで、約四ヶ月。いつも形に残すことの重要さがとても身にしみます。

今、私の家には三匹猫がいます。全員一歳のメスです。皆保護猫カフェで私たちが選んだ猫たちで、とても甘えん坊です。

この子たちには、しじみの何倍も元気に生きて、どんどん甘えてほしいです。そしてこの子たちが死ぬまで、たくさん思い出を形に残していきたいです。

鏡

私は私が大嫌い。
暗闇で、鏡に映った自分を見る。
私が右手を上げると、鏡の私は左手を上げる。
私って、こんな顔だっけ。
他人から見た自分を想像する。
たまらなくなって、鏡を拳で叩き壊す。
手に破片が刺さって、真っ赤に流血する。

私は私が大嫌い。
年をとるごとに、顔の肉はたるみ、体には余分な脂肪がついていく。
その上、狡くて思いやりのない人間になってしまった。

私って、こんなに嫌な人間だっけ。

二十歳くらいの頃、私が私を殺しに来たことがあった。
夜、「青空の部屋」で眠っていたら、急に身動きが取れなくなり
顔のすぐ近くに生臭い息遣いを感じた。
真っ赤な口紅を塗った女の口が、あった。私だった。
部屋の壁面にはポッカリと黒くて丸い空間が出来ていて、
青いネクタイをした黒いスーツ姿の3人の男たちがヒソヒソ話をしていた。
3人の青い男に分裂した、私だった。
赤い口紅の女が、私を殺しに来たのは明らかだったけれど、
少しも怖くなかった。
赤い女の息遣いに自分の下半身が熱く膨張して弾けて、
吐き気がした。
けれど、長い間自分がこうなることを望んでいたことも、知っていた。
収まらない苛立ちが、私を不安にさせる。

クリニックへ行く途中の電車の中で、今、
あなたときつく抱きしめ合うことが出来たなら、
どんなに心が楽になるだろう。
でもいつか私は、あなたの大切な人を階段の上から突き落とすかもしれないよ。
そうしたら私の人生は、ぐちゃぐちゃになる。
私の周りの人の人生も、ぐちゃぐちゃになる。

診察室のドアを出て、
これから一週間どう生きればいいのかわからないから、
先生のイスの後ろにある小さな窓から逃げようとしたけれど、
一発の銃弾が私の頭を貫いて、頭蓋骨がバラバラに壊れてしまった。
猫の遺骨を口に含んだ時みたいに、
私の命も、パリンパリンと簡単に砕けて、味がしないみたいだ。

銃の引き金を引いたのは、もう一人の私。
鏡の中にあった私の顔は、
こっぱみじんになって無くなった。

これでよかったんだ。
いつか自分の頭がぐしゃぐしゃに潰れてしまえばいいと思っていたから。
鏡の中の顔が醜く歪んで泣いていたことも、
何もかもどうでもいいような気がした。

薄れゆく意識の中で、
そんな投げやりな自分が、無性に悲しかった。

透明な私

透析を終えた全盲のおじいさんの隣に座って、目を閉じてみる。
世界は真っ暗闇になった。
暗闇に沈んで、世界が揺れているのを知る。
その振動に、少し酔う。
暗闇の中、私は光を探した。
光を。

ある晴れた日、
下北沢のモバイルショップの順番待ちで
些か居心地が悪くなった私は、
スマホで空を撮っていた。

雲の隙間に瞬く光の美しさを、覚えておきたかった。
楽しそうに行き交う人たちの中にいて、
私は孤独で
どこまで行っても孤独で
無意味な存在だった。
ぼんやり自分の両手を見つめても
透明で、何も見えなかった。

1 「水色のアイシャドウの女」（錯綜する時間の中で）

あの日、意識を失った私が目を覚まし、光を感じたのは
病室のベッドの上だった。

自分の部屋に積み重なった
白い箱と黒い箱の一部が消えて
残りが宙に浮き、

「現実」が足元から瓦解した恐怖に耐えられず、
私は、大量服薬したのだった。

運び込まれた病院で、一人の看護師に出会った。

むせ返るように化粧が濃く、異様に体の小さい女だった。


車椅子に乗せられ、手足の自由がきかない私に、
女は分厚い本を渡し、それを読むように、と言った。

私はそれを読み、女にその内容を話そうとした。

すると、女は言った。

「そんな本、無いわよ」

そんなことあるはずがない。
たった今、あなたが私に渡した本だ。
喉がしまるような感じがして声が出ない。
「違う」「違う」と喉を振り絞って声を出そうとする私を見て、
女は必死に笑いを堪えて

「しっかりしてくださいよぉ」
と嘲った。

次に女は、私に紙を渡し、何か字を書くように、と言った。
私はそれに応じた。
けれど、次の瞬間、書いたはずの文字が、
糸がほどけるように消えてしまった。
私はそれを女に訴えた。
女は言った。
「どこに紙なんかあるのよ」
確かに紙は無くなっていて、
私は泣きながら「違う」「違う」と訴えた。

私は車椅子から崩れ落ち、必死でその部屋から逃げようと地面を這った。
しかし、その女は先回りをし、
出口に立ちふさがり、
苛立ちと嘲笑を含んだ声でこう言った。

「ねえ、いい加減にしてくださいよぉ」

ねえ、どこに野々歩さんなんているのよ。
どこに眠ちゃんなんているのよ。
どこに花ちゃんなんているのよ。
みんな、本当は、いないのよ。
あなたも、本当はいないのよ。

野々歩さん、白黒の部屋のドアを開けないで。

不吉な鳴き声をあげて、
足元の金網に細い足を絡め、
グロテスクに体をねじって死んでしまった、私の小鳥。
グロテスクに体をねじり、奇妙に歩行する眠。
カッターで真一文字に目を切り裂かれて、悲鳴をあげる花。
あんなに慈しんできたものたちに、戦慄する私。

自分のドッペルゲンガーを見た者は死ぬ、と言う。
私が再び私と遭遇した時、私は死ぬのだと思う。

2「診察室」（2009年2月）

まだ3歳だった眠の手を引いた私と、
まだ幼い花を抱っこひもで抱いた野々歩さんが
診察室に初めて入ったのは、
2009年2月のことだった。

先生は言った。
「あなたたち家族の『これから』の青写真を頭に思い描いてください。
それに近付けるよう、これから色々と始めて行かなければならないんです。」

先生にそう言われて、私は、未来の私たちの家族写真を想像した。
そこには、美しく成長した眠と花がいて、

中年になっても相変わらずな野々歩さんがいた。

でも、そこに私の姿が無かった。

「私だけいない。透明で、何も見えません。」

激しく泣く私を、小さな眠が心配そうに見上げて言った。

「ママ、だいじょうぶ?」

腰から下が、崩れ落ちるような恋愛をして愛し合って
娘の眠を身ごもった。
壊れかけの小さな冷蔵庫。
小さなテーブル。
不揃いの食器。
ままごとのような生活。
そして、次女の花も生まれて、
私たちは「家族」になった。

時折、美しい夢を見る。

娘たちが、黄緑色の精液の草原で寝転びながら、

透明な私の膣から伸びる白黒の臍帯で
あやとりをして遊んでいる夢。

時折、幸せな夢を見る。
小さな娘たちが、
「コンブにする？　おつけものにする？」なんて言いながら、
パパのために大きなおにぎりをこしらえている夢。

時折、怖い夢に追いかけられる。
ゆりはどこだ！　ころしてやる！
おとうさんが、わたしをさがしてる。
わたしは、いきをひそめて、かくれてる。
みんなが、わたしをわるいにんげんだっておこってる。
おまえはわるいにんげんだ。
おまえはうそつきにんげんだ。

おまえは　おまえは　おまえは
おまえは、だれだ？
お前は、誰だ？
私は誰。
わたしは　わたしは　わたしは
わたしは

「ママがそんなに苦しくて死んじゃいたいなら、死んじゃってもいいんだよ。すごく悲しいけど、ママの人生はママのものだから。」

まだ幼かった娘が、優しく諭すように言ってくれたことがあった。

こんなことを言わせてしまった自分が情けなくて許せなくて涙が溢れた。

私には、辛くなったり悲しくなったりする資格なんか、ない。けれど泣いている私を抱きしめて、あなたは言う。

「大丈夫。大丈夫だよ。」

全盲のおじいさんの隣に座って、目を閉じた私。
世界は真っ暗闇になった。
この次、目を開ける時、世界はどんな風に変わっているだろう。
今度は私が、泣いているあなたを抱きしめる。
抱きしめて、背中をさすって、そして言う。
大丈夫。きっと大丈夫だよ、と。

はな　と　グミ

時計の針が夜の10時を回った頃、
ようやくその日の仕事が終わった。
疲れて、ため息をつきながら
雨に濡れた自転車のサドルを見ると、
パイナップル味のグミが1袋置いてあった。
「?」
一瞬戸惑ったけれど、すぐに誰の仕業か分かった。
傍に、見慣れた文鳥の絵柄のハンドタオルが落ちていた。
雨でグミが濡れないよう、かぶせてあったみたいだ。
タオルは雨に濡れて、砂まみれになっていたけれど、
私は、さっきまで冷たくて硬かった胸の真ん中が、

ジュワッと溶けて、プツンと弾けたような気がした。
タオルを拾って、砂をはらって、グミを手にすると、
急いで自転車にまたがった。
一秒でも早く家に帰りたかった。
はなに会いたかった。

こんなことがあった。
今から4年前の夏、
私が名古屋で自分の作品の上映を終えて
東京の自宅へ戻ると、
玄関に、はなが書いた手紙が置いてあった。

「まあ　さいしょに　たからさがし
くつばこ　みてください。」

言われるまま、靴箱を見たら、

また手紙が入っていた。

「まどの近くを　みてください。
ヒント　赤と黒シリーズの一つだよ。」

窓の近くを見てみると、また手紙。

『おめでとう』といいたい　ところが　まだつづく
2階にいって、本だな　見てみ。
(子どもべやの眠用本だな)」

ねむの本棚を見たら、また手紙。

「かよけのムヒが、階だんにありますと。
ついでに社会の教科書みてね
ちなみに22ページです」

「えんえんとつづく　たからさがし
まーた子どもべやの　人形たちをみてごらん」

「リメイクしたような
かわいいママのへやの
ムーミンが　さいごの
お手紙をもってるというわけです。」

確かにムーミンが手紙を持っていて、
そこには、こう書かれていた。
「手紙の頭文字　読んでみて」
言われるままに、読んでみた。

「ま　ま　お　か　え　り」

私が大笑いしていると、
押入れがバーン！　と開いて、

はなが、クラッカーをパパーン！　と鳴らして飛び出してきた。
はなって、ポコポコと元気に弾けてびっくりさせる
ポップコーンみたいな子だ。

こんなこともあった。
今から5年前の冬、私は風邪をこじらせて急性扁桃炎になり
入院することになった。
たった3日間の入院だったけれど、
焼けるような喉の痛みよりも、
娘たちや野々歩さんに会えないことが、とても辛かった。
担当の医師から退院の許可が下りると、
私は急いでタクシーに乗って自宅へ戻った。
娘たちは学校へ行っていて、いなかった。
誰もいない、静かなリビングルームのドアを開けて、

私は思わず息を呑んだ。

冬の朝の冷たい空気で張り詰めたリビングの床に、
折り紙で作られたたくさんの白鳥がきれいに並べられていた。
赤　青　緑　黄色
先頭は、白鳥のお父さんとお母さん。
それに続く、色とりどりの子白鳥たち。

窓から差し込む光が、とてもきれいだった。
こんなに美しい光景を見たのは、初めてだった。
その無垢で一途な気持ちに心が洗い流されて、
もう一度生まれ直したような気持ちになった。

はなは、私たち夫婦にとって2番目の子供で、
1番目の子供である、ねむと比べると、
良い意味でも悪い意味でも、肩の力を抜いて育ててきたような気がする。

ねむが赤ん坊の頃は、おしゃぶりを床に落とすと
神経質に熱湯で消毒して冷ましてから口に戻していたけれど、
はなの時は、サッと水で洗ってポイっと口に戻していた。
(こんなことを書くと叱られそうだけれど)

服も、ほとんどねむのお古だった、10月生まれのはな。
ユニクロで買って、洗濯のし過ぎで毛玉だらけになった
黄色とピンク2着のカバーオールを着回して、
私のお布団に入れて添い寝して、
おっぱいをあげながら、一緒に冬を越した。

はなが幼稚園生の頃、

「ママなんか大嫌い！　どっかに行って！」

と言って怒ったこともあった。

それを聞いた野々歩さんが、

「ママが本当にどこかに行ったらどうすんの？

ほんとは、ママのこと、好きなんだろ?」
と言うと、はなは、ウンウンと頷きながら
顔をしわくちゃにして泣いて、私にしがみついた。

と、ここまで
はなのことばかり書いてきたけれど、
この詩を読んだら、はなは何て言うだろう。
パイナップル味のグミが何より好きな、はな。
折り紙が大好きで、「おりがみ大事典」を見ながら
何でも作ってしまう、器用だったはな。
今はもう、私の身長を追い越してしまった、はな。
きっと「やめてよママ、恥ずかしい」とか
「ママは何にもわかってないんだから」
とか言うだろうな。

でも、詩の中でくらい、

好きなものは好き、
きれいなものはきれいって言わせてよ。

家に帰っても、娘たちはいない。
それは、そう遠くない未来かもしれない。
私の笑った顔が一番好きだと言う、はな。
娘たちを笑顔で「おかえり」と迎えられる、
そんな母親でずっといられたらいいなあ、と思う。

眠れる花

ある日、私は、
取っ手のないドアの向こう側で
踏み台を蹴り飛ばして首を吊った。
娘たちが幼い時、戸棚のお菓子を取ろうと
背伸びをして使っていた踏み台だ。

もう二度と、あなたたちを残して逝かない、
と固く約束したのに。

せめて、あなたたちにきれいな詩を遺そうと、
言葉を書き留めたはずのノートは白紙のまま。

命は有限なのに、
無限に続くと信じて生きていたのはなぜだろう。
この世に永遠に続くものなんて無いのにね。
組み立てては崩してしまうブロックのおもちゃみたいに、
何度も「家族」を組み立てては壊してきた私たち。

いつの間にか女性らしい丸みをおびた体を
セーラー服で隠して、
「家を出る。もう帰って来ない。」
と言って、眠は
母親である私を振り返ることもなく、出て行った。
赤い絵の具を使って
大好きな猫のサクラの絵をひたむきに描いていた眠。
小刻みに肩を震わせて、
決して泣き顔は見せまいと
サクラの背中に顔を埋めていた眠。

サクラはザラザラの舌を伸ばして
一生懸命、眠の悲しみを食べていた。

蛍光色の段ボールのフタをこじ開けて、
これが最後だと信じて、盗みをはたらいた。
いつでもこれが最後だと信じて
何度も何度も盗んで
何度も何度もやめようとした。
けれど私はズルズルと罪を重ねて、
「私には生きてる価値がない」
そう言って、母を散々困らせた。
母は悲しそうな顔をして、何も言わなかった。
そして、今
「わたしなんて、どうでもいい人間」
「どうしてわたしを生んだの」
と大粒の涙を流して、私を責める花がいる。
花は盗まない。花は嘘をつかない。

けれど、わからない。
私なんかが一体どんな顔をして、
どんな言葉を花にかければいいのだろう。

私は眠で、眠は私。私は花で、花は私。
あの日、取っ手のないドアの向こう側で首を吊ったのは、
私だったか、眠だったか、花だったのか。

森の奥深くの静寂な湖に
紫色のピューマになった私たちの死体が浮かんでいる。
誰が訪れるということもなく
傍らには、４枚の花弁に引き裂かれた私たち家族の花が
ひっそりと咲いていた。

夕暮れ時の、不吉な色の空の下
霧に包まれた林間学校から抜け出して、
もうここには戻りたくないと

踵を返して走り去る、小学生の私。
2人の娘を生んだはずの生殖器が
真っ赤な血を吐き出しながら罵詈雑言を叫んでいる。
涙が後から後から流れてきて
いっそ一緒に死のうか、と娘に言おうとして、やめた。
最後まで駄目な母親でごめんなさい。
せめて真っ赤に生きた痕跡を残したかった。

夜になって海辺に着き、
黒い水平線に吸い込まれるように
(しっかりと手を繋いで) 砂を蹴って進む。
もうこの世界には、居場所も逃げ場所もない。
それでも私(たち)がこの世界から欠けたことに、
いつか誰かが気付いてくれるのなら。

悪夢

小さいけれど緑豊かな山の斜面の
水が引いた時にしか現われない踏切で
少女たちが一斉に列車に飛び込む。
飛び散った無数の肉片を
ランドセル姿の幼女がペロッと舐めた。

目が覚める

いつもとは違う
投げやりな態度の先生が
拘束衣を片手に私の話を聞く。

私たち家族４人
別々の部屋の前に立たされる。
おかっぱ頭の、幼い眼が
泣きべそをかきながら
私に訴える。
「ママ、わたし、この部屋に入りたくない」

目が覚める

心臓の鼓動をぶつ切りにされるような衝撃で
何度も何度も目が覚めた。
私の知らない場所で
眠もまた
眠れず天井を見つめているのだろうか。
拘束衣を着せられた私の口元に
誰かがそっとガーゼを押しあてた。

眠？　眠なの？
そう言って私は、右へ左へ手を伸ばした。
眠は、悲しそうに
自分の顔がわからない、と呟いて、
私の知らないどこかへ行ってしまった。

眠は海へ行き、花は町を作った。

ある夜、私の部屋の床に、
小さくて黒い一匹のゴミムシがいた。
私はそれをティッシュで包み、
ギュッと力を入れて潰した。
ティッシュを開いて中を見てみると、
ゴミムシはまだ生きていて
細い足をバタつかせていた。
私はそれを再びティッシュで包むと、
今度は親指の爪を立てて、思い切り力を入れて
ゴミムシの腹を切断した。
ティッシュを開けると

茶色い汁のようなものが染みていて
ゴミムシは死んでいた。

その週もやはり、私たち家族は
激しい怒りと憎しみで、拗れて捻れた狂乱の只中に在った。

毎日、台所の流しの下にある
包丁とナイフの数を確認する。

誰に言われてというわけでもなく、
とても狭く真っ暗な部屋に
家族４人で閉じこもって、
暗闇の中、誰がどんな表情をしているのか、窺いしれない。
もちろん、心の内を読み取ることも出来ない。
自分の子供に憎まれて恨まれて殺されるなんて、本望だわ
と強がって見せるけれど、
あの日私が殺したゴミムシの死骸が、目に焼き付いて離れない。

腹を切断して殺すくらいなら、なぜ
ティッシュで包んで、
広い外の世界に逃がしてやれなかったのだろうと。
私は、肝心な時に優しくなれない、冷酷な人間なんだ。

週の半ば頃、
眠が「ひとりで海へ行きたい」と言った。
私たちは一瞬戸惑って「行っておいで」と言った。
1泊2日朝食付きの宿を
妹の花と一緒にスマホで探す、15歳の眠は
とても嬉しそうだった。

土曜日の午前中に家を出発した眠から、
昼頃1通の写メが届いた。
色鮮やかな海鮮丼と
真っ白なアイスクリームがのった緑色のクリームソーダの写真だった。

眠は海鮮が好きだ。
眠はソーダが好きだ。
そこには、
私たちから遠く離れて
自分の足で歩いて、自分で見つけた店に入り、メニューを見て
自分の好きなものを注文し、それを頬張る眠がいた。

私は、
海岸近くの防波堤に座って、
遠く離れた群青色の水平線を見つめる眠の姿を思った。
長い黒髪を風になびかせて、
砂浜で貝殻を拾う眠の姿を思った。

その頃、花は
中学校の夏休みの自由研究で提出するために

小さな町を作っていた。

厚紙を切り抜いて、いくつもの家や階段や柱を作る。
花は細かな設計図など一切書かず、
自分の直感に従って、迷うことなく切り進めていく。
小さな窓はプラ板で作る。
そして、アクリル絵の具で丁寧に彩色する。
何度も何度も塗り重ねる内に、色の暖かみが増して
夕暮れ時の、古いヨーロッパの小さな港町のような
乾いた温もりのある、優しい町が出来上がった。

私も少し手伝った。夫も手伝った。
私は、背景にする厚紙に、刷毛で水色を塗った。
花は「ママは下手だねえ」と笑って、
水色を何度も塗り重ねた。
花と二人で、厚紙に水色を塗る。
ただそれだけなのに、涙が溢れたのはどうしてだろう。

でも幸せな時間は長くは続かない。
今の私たちは、ちょっとしたきっかけで、
歯車が狂い出してしまう。

暫くして、ふとゴミ箱を覗いたら、
花の作った町が捨てられていたのだ。
「どうして捨てたの！」
私が思わず大声を上げると、
2階から、花が降りてきた。
花は、何もかもが思い通りにいかない、とイライラしていた。
怒っていた。
悲しんでいた。
そこで野々歩さんの怒声が響く。

自分の生きた痕跡を消したいと、作品を捨てた花。

いつでもこの世界から消えられるように
「身支度」をする花。

花と私で水色に塗った厚紙は、絵の具が乾いて
すっかり歪んで変形してしまっていた。

日曜日、眠が帰ってきた。眠は、
「パパさんに」と言って『江ノ島サイダー』を、
「ママさんに」と言って、カワウソの焼印がついた小さなおまんじゅうを、
「花さんに」と言って、可愛いゴマフアザラシのぬいぐるみを
おみやげに買ってきてくれた。

私は、『江ノ島サイダー』を買った眠の姿を思った。
私の好物だと思って、カワウソまんじゅうを選んでくれた、
眠の気遣いを思った。
花のために、小さなぬいぐるみを買った、眠の優しさを思った。

もらったぬいぐるみを大切に抱っこして眠る花を、愛しく思った。


「私たちは変わっちゃったの」

「元からこうだったっていうことなの」

と泣きながら花は言う。

「そんなこと、ないよ。」

と私は答える。

こんな家族でも一緒にいたいと、花は言う。

楽しかった思い出もいっぱいあったし、
これからも、いっぱいあるだろうから、と。

そうだね。
いつか、花が作った町に、家族4人で行こう。
猫たちも一緒に行けるといいね。
きっとそこは、暖かくて優しい陽の光に溢れた、
夕暮れ時が世界で一番美しい場所だと思うから。

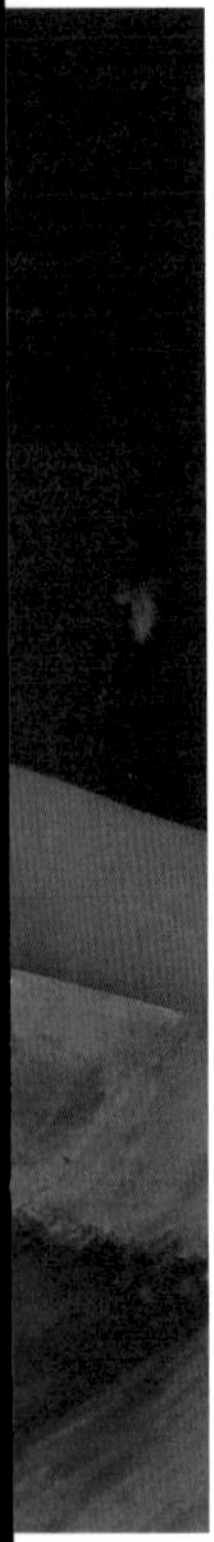

そして、花が一生懸命プラ板で作った窓を開け放して
みんなで海からの暖かい風をいっぱい浴びよう。

みんなで。

裂

娘たちが、壊れた。
周囲の大人たちの毒に侵されて
ついに、壊れてしまった。

自宅から12㎞離れた病院に入院させて、
帰り際、もう一度会うことも許されず、
私たちは、
第三者が管理するドアの鍵によって
いとも簡単に分断されてしまった。

自分の子供が苦しい時に

側にいて手を握ってやれないなんて。
帰りの電車の中で、涙が止まらなかった。
身勝手な涙だった。

私の身勝手。夫の身勝手。
私の両親の身勝手。夫の両親の身勝手。
私のきょうだいの身勝手。
夫のきょうだいの身勝手。
私の両親のそのまた両親の身勝手。
夫の両親のそのまた両親の身勝手。

身勝手は伝染する。
いつか誰かが断ち切らなければ。

大人になりたくない、
ずっと子供のままでいたいと、
現実から目を背けて、逃げていた私。

けれど、それではダメなんだ。

私はもう大人で、
娘たちを保護して
命をかけてでも守ってやらなければいけない立場なんだ。

思えば私は、口を開けば自分の話ばかり。
娘たちの言葉に、真剣に耳を傾けることがあっただろうか。
こうして言い訳みたいな詩を書いて、
どこまでも自分本位な自分に、反吐が出そうだ。

花が言った。
「ママは人に、本当のごめんなさい、や
本当のありがとう、を言ったことがあるの？」
そう言われて、私は言葉に詰まった。

今この瞬間に子と引き裂かれてしまう悲しい親は

世界中に数え切れないほどいるだろう。
でも、私には、眠と花がいる。

ある日、飼い猫が、無邪気に私の肩に飛び乗ってきた。
その瞬間、鋭い爪が私の皮膚を引き裂いた。
何の悪意もなく、引き裂かれた、皮膚。
血がジワジワと染み出してきて、
ヒリヒリと痛んだ。
「これはまずいね」と言った夫が、
抗生物質を塗ってくれた。
「これ、たぶん痕に残るよ」
と言われた私は、
ジワジワと血が染み出してくる傷痕を
いつまでも
いつまでも、見ていた。

変容と変化

火曜日、眠が入院した。
病院の帰りの電車の中で、私は
人目もはばからずに泣いた。
激しい孤独感に襲われて
足がすくんで
周りの音が聞こえなくなった。
夜、ホッケを3切れ焼いた。
米2合は多すぎた。
いつもいた人がいなくなるということは
こういうことなんだな、と思った。

金曜日の夜中、野々歩さんと
新しい映像作品の編集を終えて、
フランスの友人へ送った。
月末までに、送る約束をしていた。
作品の中に出てくる幼い眠の姿を見て、
花が泣いていた。

木曜日、眠の外出許可が下りた。
野々歩さんと、眠と花と
病院の最寄り駅のおそば屋さんで、
天ぷらそばを食べた。
眠は、私が眠に持たせた
『床下の古い時計』という本と
バーネットの『秘密の花園』が
すごく面白かったと言ってくれた。
それから、病室から夕日が見えたことや、
別の病棟に入院しているおばあさんと窓越しに目が合って、

向こうが手を振ったので、こちらも手を振り返した、
と話してくれた。
目に見える傷と目に見えない傷を抱えた人たち、少女たちが
世界から隔絶された場所で
懸命に生きていることを思った。

金曜日の夜、
突然母から電話があった。
「変なことを聞くけれど」
と母は話し始めて、
私と弟は、どれくらい歳が離れているのか、と訊いてきた。
一年と二ヶ月ちょっとじゃない？
と私は答えた。

一年と二ヶ月ちょっと？
それだけしか離れてなかったのね。
じゃあ、あなたは、

そんなに幼くしてお姉ちゃんになったのね。
つわりも酷かったし
母親が一番必要な時期なのに、
あなたに構ってあげられなかった。
悪いことをしたわね。
あなたは弟の手を引いて、
一生懸命お姉ちゃんをしていた。
でも、おしゃぶりをなかなか手離さなかった。
それは、眠と花も同じね。
今、お風呂に入ろうとして、急に思ったのよ。
あなたに悪いことをしたって。

電話を切って、
私は、声をあげて泣いた。

許すとか許さないとか、
そんなおこがましいことを言いたいのではなかった。

親だからといって、
完璧な人間であるわけでも、あるべきでもなく、
時には正しくない選択をしてしまうこともある、
ということが腑に落ちて、
痛いほどわかったような気がしたからだった。
「親である以上、子供の模範となるような存在でなければならない」
「100パーセントの愛情で子供に応えてやらなければならない」
そんな理想に縛られて、
「完璧な親」でいてくれと、
母に強いるようにして、自分は生きてきたのではないか
そう思ったからだった。
人は不完全な存在であるからこそ、
互いに補い合って生きていられるんだ
苦しいのは自分だけじゃない。
そんな当たり前のことに、気が付いた。
靄がかかって行き先の見えない道の途中で
不安で立ち止まっていたけれど、

まっすぐな風が吹いて、スーッと遠くの景色が見えた。
そんなような気がした。

元々壊れやすい人たちが集まって「家族」になって、
やはり壊れてしまって、また再生して、壊れて。

私の中で今、何かが変わろうとしている。
自ら勇気を出して変わろうとしたわけではなく、
否応無しに変わらざるを得なくて、変わった、
という消極的な変化だけれど。
世界の美しいものを素直に肯定できる、
そんな自分になれるような気がしている。

土曜日、眠の外泊許可が下りた。
自宅のひと駅手前で降りて、歩いて帰ることにした。
眠が以前、アトリエの帰りによく寄り道をして

遠くの景色を眺めていた歩道橋が無くなって、
おしゃれな建物に変わっていた。
丁度雨が降ってきたので、そこで雨宿りした。
眠と野々歩さんと
酒粕の入ったチーズケーキを食べながら、
雨が止むのを待っていた。
夜、オニオンスープとピーマンの肉詰めを作った。
米は2合で丁度良かった。
テレビはつけなかった。

今日は、夕飯に、銀鱈の西京漬けを4切れ焼いた。
米は2合で丁度良かった。
今日もテレビはつけなかった。
花が泣いた。
今もまだ、私たちは狂乱の只中にいる。
飼い猫のサクラが、お姉ちゃんのナナの頭をなめていた。
その様子を見て、皆で笑った。

眠はもう病院には戻らない。
夜、花と散歩をした。
花といろいろな話をしながら
神社を通って
落ち葉を踏みながら歩いた。
ぽとん、と
どこかで銀杏が落ちる音がした。

たまご　　鈴木花

なんか　みんなとの間に　何枚もの　すりガラスがあるんです。
それって　ぼんやり　奥が見えるんだけど
みんなを　ちがうように　うつしちゃうんです。
びんかんな私は
その　ぼんやりを　はっきりだと思っちゃって。
こわくなって
もっと　ぶあつくして　不安になって
チラっと外をみれば　また　こわくなって。
負の連鎖。
逃げ出したいんですけど　逃げ場所は家なんです。
わたしには　そこしかないんです。

1人なんです。
さみしいです。
つらいです。
ぼんやりは　うそだと
どうしたら私は私に　いいきかせられるんでしょうか。

ピリピリする、私の突起

とにかく、とても疲れている。
見たいもの、読みたいもの、書きたいものがいっぱいあるのに
時間にちょっとした隙間が出来ると、
体を横たえてしまう。眠ってしまう。

小さいけれど、私たちの生計の要になっている会社を回すこと
家族のこと
きょうだいのこと
義両親のこと

いろいろな問題がぐるぐるぐるぐるぐるぐるぐるぐるぐる

眠れずに、意識が右往左往する。

そこで、あの女の罵声が聞こえてくる。

「このクソ女。てめえは余計なことしなくていいんだよ」

うなされる自分の声で、目が覚める。

飼い猫のサクラが、ＮＨＫのホッキョクグマの番組を熱心に観ていた。
母グマは、まだ幼い子供達を守る為に、オスを近寄らせない。
貴重なエサのアザラシを捕まえるために、
分厚い氷の穴のすぐ側で待ち構えて、
呼吸をしに水面に上がってくる獲物を狙うなど、様々な知恵を尽くす。
でも、なかなか捕まらない。
アザラシもかわいいけれど、
この際、食べられても仕方がない。
がんばれ、がんばれと心の中で応援する。

私は、自分の空腹をこらえて子グマ達にお乳をあげる母グマの姿を見て、
娘を産んだばかりの頃の自分を思い出していた。

その日私は、ほんの数週間前に産まれた娘を抱えて、
病院の母乳外来に来ていた。

私は赤ん坊の頃、
なかなか母乳の出ない母の乳房を嫌がって、
粉ミルクばかり飲んでいたという。
それでも、おしゃぶりは手放さなかった、
と母から聞いた。

私の母乳の出は良好で、
娘の体重も順調に増えていた。
何か悩みはある？　困っていることは？

と年増の助産師に聞かれて、私は正直に答えた。
「乳首を吸われると、性的なことを想起してしまって、気持ちが悪くて、時々気が狂いそうになるんです。乳首がまだ固いから、切れて、血が出るんですけど、自分の乳首が気持ち悪くて、さわれなくて、馬油のクリームを塗ることが出来ないんです。」

すると助産師は、バーンと私の背中を叩いて
「なーに言ってるのよ、セックスと授乳は別モンじゃないの！」
と大笑いした。
私は、自分の気持ちを話したことをひどく後悔して、その助産師を殺したいと思った。

10代の頃、人を殺すためにナイフを持ち歩いていた。
結婚するまで、おしゃぶりをお守りのように持っていた。

4歳の時、良く晴れた日に、

空中に舞う埃や塵が日光の中でクルクル回る様を見ながら、
干したばかりのふかふかの布団に寝転がって
ぬいぐるみ相手に、初めてのエクスタシーを覚えた。
そして、その直後に知らない男から電話がかかってきて、

「今、どうだった？　気持ち良かった？」

と聞かれて、戦慄したのだった。

思い返せば、私はずっと
突起と突起に翻弄されていた。

道ですれ違った知らない男に、小学生の私は
人気のないところに連れて行かれ、
悪臭のする不潔な突起を無理矢理口に入れられて、
その時私は泣いたけれど、

今も昔も、この男に対する怒りは全く感じない。

それよりも、もっと幼い時、
母が同棲していた男の男友達に
「君の眼には魔力がある」とか言われて、
キスされたり、まだ未発達な突起を触られたりした。
相手の汗ばんだ手で触られるのは嫌だったけれど、
この時のことに関して、
誰かに対する怒りを感じることはない。

怒るべきところで、怒らない。
表出する怒りと、表出すらされない怒り。
私の心の構造は、何かが決定的に欠落している。
でも、これが私でなく、娘たちの身に起こったことだとしたら。
私の中で何かが崩れ落ちて、
私はきっと壊れてしまうだろう。

愛する人と触れ合いたい。
でも、人と肌と肌を触れ合いたくない。
絶頂と嫌悪が同時にせり上がってきて、
刹那、自分をナイフでメッタ刺しにして、
突起を切り落としたくなる。

硬くなった私の突起が、ピリピリする。
目を閉じると鍵穴がいっぱい見える。
鍵穴　突起
鍵穴　突起
マスクの下の唇が湿気でふやけて、
そのふやけた唇の皮を、歯で噛み切って食べる。
自分の死んだ細胞を食べる。
自分の味がする。
ホッキョクグマはアザラシを食べる。
アザラシの味がするだろう。
アザラシはホッキョクグマに食べられる。

男は自分の突起を私の穴に入れる。
私は、男の突起を口に入れられる。

で、何が言いたいのかって？

とにかく、あんたのことが大っ嫌いっていうこと。
いつでも自分が人の輪の中心にいないと気が済まない人。
「みんなで写真を撮るよ」と言っても、
「嫌だ」と言って、一人だけそっぽ向いてる人。
出来れば、二度と会いたくない。

って、散々言ってみたものの、
こんな風に私のことを嫌っている人も、たくさんいるんだろうな、
なんてことも考える。
あんたを嫌っている私。誰かに嫌われている私。

転換。転換。何たる自意識（笑）

所詮、物事は視点の転換で、
ホッキョクグマじゃなく、アザラシの視点の番組だったら
私の　がんばれ　は　ひっくり返る。

本当はもう、誰にも触れられたくないし、触れたくない。
本当はもう、大声でわめき散らして、
何もかもめちゃくちゃにしてしまいたい。
でも、今の私にはそれも許されない。

ひとりになりたい。
誰にも気付かれずに、
ある日プツン、と　いなくなりたい。

新しい年の終わりに

あなたは今、幸せですか。不幸せですか。
って聞かれたら、何て答える?
私にはわからなくて、
何もわからなくて、不安で仕方がないから
曖昧な言葉ではぐらかさないで
まっすぐ私の目を見て答えてほしい。

ある晴れた寒い日に
工事現場から少し離れた道端で、
交通誘導員のおじいさんが
所在無さげに何度も腕を組みかえながら、

寒さから身を守るようにして縮こまっていた。
一方私の手元のスマホでは、
SNSのタイムラインに
美味しいもの、楽しいことがあふれていた。
キラキラ　キラキラ
自分はこの人より、幸せか不幸せか。
比べてしまう。疲れてしまう。
世界中の争いや諍いが収束して、
飢えた子供たちや、迫害されて苦しむ人たちが
少しでも減って欲しい。
そう強く願いはするけれど、
一方で、自分のタイムラインのキラキラなんか、
真っ黒に塗りつぶしてやりたい、とも思ってしまう。
幸せで満たされた他人が、さらに幸せになることを望めない、
みじめで醜悪な自分がいる。
私には夫がいて、娘たちもいて、3匹の猫もいる。
仕事があって、住むところもある。

食べることにも困らない。
それなのに、なぜ
これ以上、何を望んでいるのか。

心療内科のクリニックがあるビルのエントランスに
小さなクリスマスツリーが飾ってあるのを見て、
軽い頭痛のような、絶望のようなものを感じてしまう。
思わず叫びたくなる。
夜20時過ぎ、仕事からの帰り道で、
民家が電球でデコレーションしてあるのを見て、
深い哀しみに沈んでしまう。
あんなにクリスマスが大好きだったのに、
子供の頃に感じたような、
体の中から溢れ出る高鳴りで目が潤む幸福感。もう手が届かない。
あの頃に戻りたいけれど、
私はもう、年をとりすぎた。

「まま　おたんじょうび　おめでとう
ふるつけえき　が　すきなんだね
まま　わ　きれいなんだね
おりょり　が　うまいんだね
たたむのも　うまいいんだね
かわいい　おじょうさま　なんだね
ねむより」

野々歩さんが右手の小指を骨折したので、
一緒にお風呂に入って、頭と体を洗ってあげる。
ある時、野々歩さんが鼻血を出して、
次から次へ、血が流れた。止まらない。
「ゆりっぺの白い背中に、俺の血がたれたら、
すごくいいコントラストになるね」
私の背中に、野々歩さんの鮮血がポタポタと滴り落ちている。
決して私自身の肉眼で見られない光景が、

愛する人の鮮血で自分の体が染まる悦びの光景が、
そこにはあった。

あなたは今、幸せですか。不幸せですか。

って聞かれたら、何て答える？

花にそう聞いたら、

「幸せだよ」

と、はっきり答えた。


そう言ってくれる人が、そばにいてくれて、本当に良かったと思う。


あと少しで、２０２０年が終わる。

もう少しで、新しい年の始まりだ。

『花の歌』を弾く花へ

気が付けば、いつも下を向いて歩いている。
顔を上げれば、雲一つない青空が広がっているのに。
際限なく続くアスファルトの道。
そこに、めり込むように歩いている。
この世界で、苦しまずに生きる方法は無いんだろうか。
花が、ピアノでランゲの『花の歌』を弾いているのが聴こえる。
胸が詰まる。
私は死ぬまでに、あといくつの作品を残せるだろうか。
冬の夜に、窓を開け放つ花。
「夜って、いい匂いがするね。」

彼女はもう、世界の美しさを知っている。
一方で、世界を怖がる花もいる。
「世界はゼリーで、自分はその中の異物みたい。」

ある時ふと、自分が尊敬する人や好きな人たちは
皆、夭折していることに気が付いた。
34歳。45歳。45歳。46歳。
今、私が死んだとして
彼らのように美しい死体になり得るのだろうか。
世界の本当の怖さをまだ知らない、
15歳と13歳の娘たちを遺したまま。

20時過ぎ、世田谷代田の陸橋にぼんやり佇んで
スマホで『花の歌』を聴く私がいた。
行き交う車の音が何度も遮るのに抗って
大粒の涙を流しながら、とぼとぼと歩き出す。
自分が帰るべき場所へ向かって。

花の起源

2007年に生まれた次女に『花』と名付けたのは、
「平和」を想起させる名前にしたかったから。
『花』の漢字を分解すると、
「艹」「イ」「ヒ」となる。
「艹」は植物を、「イ」は生きている人を、「ヒ」は死んだ人を表す。
生きている人と死んだ人の上に、草花が生い茂っている。
その光景が何だかすごく自然で平和に思えて、
娘を『花』と名付けたのだった。

今、世界は平和ですか。
世界中の人々は今、まるで

空っぽの鳥かごを見て呆然としているみたいだ。
その鳥かごにはきっと、
愛とか、慈しみとか
大切で温かな生き物が入っていたはずなのに、
それがどんなものだったのか、世界は思い出せずにいる。
ドクン　ゴボッと　ナプキンに落ちてくる
経血みたいに揺れて、世界は
徐々にスピードを上げて汚れていくみたい。

「ママ、ここにあるナイフで手を切ったら、どうなるの？」

「すごく痛いと思うよ。血も出るだろうし。」

「ふーん」

「どうしてそんなこと聞くの？」

「いや、別に。」

いや、別に。って
何て悲しい言葉だろう。

もっと私を信じてほしい。
心を閉ざさないでほしい。
自分勝手な私がそう言う度に
君は私から遠ざかっていく。

この世界の綺麗事の一切を脱ぎ捨てて、
使い物にならない自分をビリビリに破り捨てて、
手首をナイフで切り刻むように
君の内側に、真っ赤な言葉を刻みたい。

私が死んだら、そこらへんにある原っぱに
適当に転がしておいていいよ。
ぞんざいに扱っていい。
時々思い出してくれるだけでいい。
そして偶に生きている美しい君がやってきて、
ウジのわいた私の傍に寝っ転がってくれたなら、
それが私たちの「平和」なのかもね。なのかな。

ほったらかしにして、最後に残るものが
きっと大切にしなくてはならないもの。
骨片とか。
思い出とか。

ただそれだけの、少し拗ねて書いてみたお話。

素直になれない、ただそれだけの話。
きれいな思い出の上に、
いつかきれいな花が咲くことを願って。

村岡由梨（むらおかゆり）――


一九八一年、東京生れ。映像作家。

日本女子大学附属高等学校中途退学。イメージフォーラム映像研究所卒業。

一貫してセルフポートレートにこだわった自作自演の映像・写真作品などを制作、出演・美術・撮影などのほとんどを自ら行う。

統合失調症の治療に伴い、二〇〇九年より作家活動を休止、二〇一六年に再開。

第67回オーバーハウゼン国際短編映画祭グランプリなど国内外で受賞多数。二〇一八年から詩作を始める。二児（長女眠、二女花）の母。

本書収録作品の初出は「浜風文庫」二〇一八年一一月――二〇二一年一月である。

公式Ｗｅｂサイト：http://www.yuri-paradox.ecweb.jp/index.html

眠れる花＊著者村岡由梨＊発行二〇二一年七月三〇日初版第一刷二〇二一年九月一五日第二刷＊発行者鈴木一民発行所書肆山田東京都豊島区南池袋二－八－五－三〇一電話〇三－三九八八－七四六七＊装幀亜令＊印刷精密印刷ターゲット石塚印刷製本日進堂製本＊ＩＳＢＮ九七八－四－八六七二五－〇一六－七